I0564810

LE PETIT
ALMANACH

DE NOS

GRANDES FEMMES,

ACCOMPAGNÉ

DE QUELQUES PRÉDICTIONS

Pour l'année 1789.

Notum quid fœmina poſſit.
Virg. Œneid.

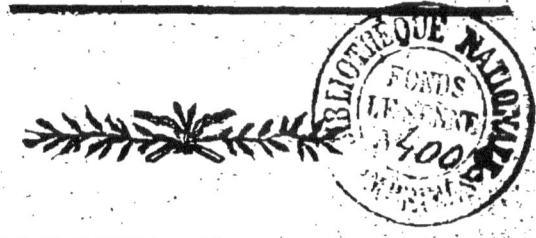

A LONDRES,

PRÉFACE.

Des hommes vraiment chari-
tables, & dont la vue perçante
& microscopique découvre le
génie le plus imperceptible,
nous ont fait apercevoir,
l'année dernière, dans la littérature, de petits animal-
cules, dont les cris aigres
avoient bien quelquefois écor-
ché nos oreilles, mais qui,
semblables au ciron, se déroboient aux yeux les plus clair-
voyans. Graces à ces *Linnés* de
notre littérature, nous avons

reconnu qu'il en eſt des lettres comme de la nature, qui ſe plaît à cacher ſes plus grandes merveilles dans l'*infiniment petit.*

Que d'objets nouveaux ont alors frappé tous les regards ! Que de Phénix éclos ſous la plume de ces Auteurs bienfai- ſans ! Que de génies, étonnés eux-mêmes de ſe voir produits au grand jour, ont également ſurpris, & l'œil contemplatif du Philoſophe qui ſe pique de tout connoître, & celui de l'ignorant de bonne foi, qui compte pour rien le peu qu'il connoît ! Qui ne s'écria pas alors avec Boileau :

Oh ! que d'écrits obfcurs, de livres ignorés
Furent en ce grand jour de la poudre tirés !
Vous en fûtes tirés, Planchet & la Platière ;
Et toi, rebut du peuple, inconnu la Buf-
fière , &c. &c. &c. &c. &c.

Cependant, malgré les juftes éloges que l'on a donnés
aux Auteurs *du Petit Alma-*
nach de nos Grands Hommes,
tout en admirant leurs grandes
découvertes, on a fenti qu'il
y refloit encore quelque chofe
à défirer ; on a fenti que leur
efprit , borné comme celui
des autres mortels , rebuté
d'ailleurs de tant de fatigues,
n'avoit pu pénétrer jufqu'aux

endroits les plus profonds des *régions de l'inconnu* , où , felon toutes les apparences, on devoit trouver quelque chofe de plus curieux encore.

Nous avons long-temps examiné quelles pouvoient être ces découvertes qui reftoient à faire ; & à force de réfléchir fur cette matière importante , un rayon de lumière eft venu tout à coup nous éclairer. Nous avons remarqué que nos obferva-teurs de l'an paffé n'avoient annoncé que des phénomènes d'une feule efpèce ; favoir,

de l'eſpèce maſculine. Auſſi-
tôt notre étonnement a ceſſé.
Nous nous ſommes promis
une nouvelle conquête, plus
glorieuſe peut-être, mais
certainement plus difficile.
En nous repliant ſur les ſiè-
cles paſſés, nous avons vû
briller, du temps d'Homère,
les Sapho, les Aſpaſie, &
autres. Le ſiècle de Louis XIV
nous a offert les mêmes prodiges. Les Sévigné, les Deſ-
houllière, les Scudéri ſe
ſont fait preſque un auſſi
grand nom que les Corneille
& les Racine. Le nôtre n'en-
fantoit-il plus de ces ames

divines ? avoit-il perdu l'énergie néceſſaire à faire éclore de ſemblables merveilles ? Nous ne le pouvions croire, & notre vanité ſe refuſoit à cette penſée humiliante. Perſuadés qu'il étoit de la dernière importance d'approfondir cette ſingularité, nous en avons formé le hardi projet. Travaux, fatigues, rien ne nous a rebutés ; toutes les difficultés ont diſparu : nous n'avons vu que la gloire attachée au ſuccès de cette entrepriſe. Bientôt, à notre grande ſatisfaction, nous avons reconnu que le ſiècle où nous sommes ne devoit rien de ce côté à ceux qui l'ont précédé ; que les mêmes prodiges exiſtoient encore ; mais que s'ils ſe déroboient aux yeux, c'étoit par un excès de modeſtie, bien digne de l'eſtime & de l'admiration de tous les gens de bien. Lever le voile qui couvroit leur exiſtence, la rendre publique & avérée, leur procurer la gloire qu'ils méritoient, c'eſt ce que nous avons tâché de faire, c'eſt ce que nous nous flattons d'avoir fait.

Tranſportés de joie à la vue de nos nombreuſes &

brillantes découvertes, nous méditions déjà un gros volume, dans lequel nous devions propoſer le plus beau projet qui, ſelon nous, fût jamais entré dans la tête de l'homme : nous voulions qu'on dreſsât quarante fauteuils de plus à l'Académie françoiſe, où viendroient s'aſſeoir quarante femmes d'un mérite reconnu. Quel plus beau ſpectacle, nous diſions-nous, que de voir l'illuſtre du *Boccage* ſiéger à côté de l'immortel la *Harpe* ; la comique *Saint-Léger*, à côté du *tragique le Mierre* ; & la pro-

fonde *Kéralio*, près du célèbre, du fameux *Suard* ! Le
Chantre de *Colomb* rechauf-
feroit l'auteur du froid *Men-*
zicoff ; l'auteur des *Deux*
Sœurs donneroit l'effor à
Térée ; l'hiftoriographe d'*Eli-*
fabeth communiqueroit fon
talent à l'hiftoriographe de
France ; & la tendre émule
de *Théocrite*, l'aimable *Ver-*
dier partageroit les chálu-
meaux de ce grand Poëte
avec l'élégant traducteur de
fes Idilles. Quel agréable
mélange ! quatre-vingts beaux
efprits mâles & femelles dans
un coin du Louvre !

A vj

Telles étoient les raifons
dont nous nous préparions à
appuyer notre projet , lorfqu'un amateur de la haute
littérature eft venu tout ren-
verfer. « Mes amis , s'eft-il
» écrié, vous avez des idées
» fantaftiques ; gardez-vous de
» les rendre publiques , on
» vous traiteroit de gens à
» paradoxes & de vifionnaires.
» Jamais nos Dames ne feront
» reçues à l'Académie ; parce
» que les Grâces , auffi bien
» que les Mufes, y feroient
» aujourd'hui déplacées. D'a-
» bord les Amours, qui ne
» peuvent fe détacher d'elles ,

» & dont sur-tout elles ne
» peuvent vivre séparées, bri-
» gueroient, & obtiendroient
» infailliblement les fauteuils.
» Les fauteuils, une fois oc-
» cupés par les Amours, ne
» tarderoient guère à se trans-
» former en canapés; & les
» pauvres maris compteroient
» désormais les naufrages de
» la vertu de leurs savantes
» moitiés par les séances aca-
» démiques, qui, devenant
» de jour en jour plus fré-
» quentes, rendroient en peu
» de temps le calcul impossi-
» ble. Peut-être que ces gé-
» néreuses Dames, lorsqu'elles

» feroient laffes de frauder les
» droits de l'hymen, feroient
» tourner les féances au profit
» de leurs époux, en leur
» prodiguant un titre plus
» harmonieux que celui donné
» en pareil cas par le vulgaire.
» Mais ces Meffieurs feront
» très-bien de s'en tenir à leur
» premier nom, de peur qu'une
» nouvelle dénomination, que
» l'on fauroit être le réfultat
» de pareilles affemblées, en
» difant moins, ne faffe en-
» tendre davantage.». Ce dif-
cours inattendu nous a fait
rentrer dans les bornes de
notre Almanach, & nous ne

nous fommes plus occupés depuis qu'à y mettre la dernière main. Mais quoique nous n'ayons épargné ni foins ni travaux, la vérité néanmoins nous arrache ici un aveu bien pénible pour des auteurs, & bien capable de démonter notre orgueil, fi nous en avions. Le lecteur apercevra facilement la différence qui règne entre l'Almanach des Grands-Hommes & celui que nous lui préfentons. Hélas ! nous ne fommes pas à nous en apercevoir ! Combien de fois avons-nous été tentés de jeter notre Ouvrage au feu, après avoir lu celui de nos Confrères ? Nous l'aurions fait certainement, si nous n'avions pas réfléchi que nous travaillions pour un sexe sensible & indulgent, qui ne manquera pas de reconnoître nos peines, & de nous passer quelques défauts en faveur des bonnes intentions qui nous ont guidés, en élevant ce monument à leur gloire.

LE PETIT
ALMANACH

DE NOS

GRANDES FEMMES.

A.

Augis de Montoire. (Mlle.)
Après avoir préludé quelque temps
à ses triomphes par divers essais ;
après avoir monté successivement
sa lyre sur le ton sublime & tendre,
simple & enjoué, & toujours avec

fuccès; infatiable de gloire, elle a
convoité un nouveau laurier, &
s'eſt élancée, avec une audace
intrépide, dans la vaſte carrière
de l'Enigme, où elle marche à pas
de géant. Le croira-t-on cependant? Ses envieux l'ont défiée de
s'élever juſqu'à la hauteur de la
Charade, & cela, pourquoi? parce
qu'elle n'avoit pas encore tenté ce
genre difficile. Il faut l'avouer, la
paſſion eſt bien aveugle & ne rai-
ſonne guère. Quoi! un talent marqué pour un certain genre en
exclut-il néceſſairement un autre !
Le cygne de Mantoue, après avoir
eſſayé ſur le flageolet des airs cham-
pêtres, n'a-t-il pas embouché la
trompette héroïque avec plus de
fuccès encore? Si donc l'oracle du
Mercure ſe tait depuis quelque

temps, que fes ennemis fe gardent bien de prendre fon filence pour un aveu de fa foibleffe. Nous voulons bien les avertir que Mademoifelle *Augis* prépare, dans le fecret, les foudres qui les vont terraffer, & qu'elle met la dernière main à une Charade, à laquelle elle travaille, dans cette intention, depuis long-temps.

AURORE, (Mlle.) de l'Académie royale de Mufique. Cette Nymphe opératrice a plus d'un talent, & l'on peut dire même que ce n'eft pas fur la fcène qu'elle joue le mieux fon rôle. Elle excelle, par exemple, dans la poéfie fugitive. Il y a quatre ou cinq ans qu'elle lâcha une Elégie fur la perte d'un Amant, qui probablement n'aura pas manqué de ramener le

volage, puifque nous, qui n'y étions
pour rien, avons larmoyé de toutes
nos forces en la lifant. Voyez encore
fon Epître à M. Charles, dans laquelle Mademoifelle le félicite, en
vers bien fonores, d'avoir rendu
une vifite à *Aurore*, fa patrone &
fa *rivale*.

B.

BEAUHARNAIS (Mde. la Comteffe de) manie auffi la plume avec
beaucoup d'aifance. Parmi les pièces infinies dont elle a enrichi le
Théâtre françois, on doit fur-tout
diftinguer la *Fauffe Inconftance*,
drame qui a été applaudie avec
fureur. On nous a rapporté à ce
fujet un petit dialogue entre le
Coufin Jacques & M. l'abbé *Aubert*,
que nous ne confignons ici que

pour faire voir combien l'envie s'attache au mérite. Le jour de la première repréſentation, le *Couſin*, ſe trouvant à côté de M. l'abbé Aubert, lui demanda des renſeignemens ſur la pièce. *C'eſt*, dit celui-ci, *une pièce en cinq actes & en proſe de madame de Beauharnais , revue & corrigéë par M. le Chevalier de Cubières.—Eſt ce la pièce ou l'auteur qui a été revue & corrigée ?* reprit le *Couſin*. Voilà, ſans contredit, une des *couſinades* les plus fortes & les plus inſupportables qu'on puiſſe dire. Heureuſement pour madame la Comteſſe, que l'auteur eſt un lunatique que perſonne n'écoute.

Outre les ouvrages mentionnés ci-deſſus , Madame a mis au jour un petit livre intitulé les *Amans d'autre fois*. On en a fait quinze éditions coup fur coup, & c'eſt, au jugement des connoiſſeurs, le *nec plus ultrà* du génie féminin. Si l'on veut conſulter les journaux, on verra que madame de Beauharnais n'eſt pas moins étonnante en poéſie qu'en proſe, quoique M. le Brun ait dit :

..... Elle n'a que deux petits travers; Elle fait ſon viſage, & ne fait pas ſes vers.

BEAUMARETS, (Mde. de) auteur de pluſieurs Epîtres en vers, dans leſquelles on retrouve l'élégance de Greſſet & les grâces de Voltaire. Nous croyons que ſon chef-d'œuvre eſt une Epître à M. *Bardin l'aîné*, *à Sens*, pour l'engager à ne pas oublier ſes amis & ſes amies. On lui donne les épithètes charmantes d'*Apoſtat du Pinde* & de *transfuge de la capitale.*

Ceci nous a fait naître une réflexion. Que M. *Bardin l'aîné*, à *Sens*, mérite tous les noms dont on le gratifie; c'eſt ſans doute un malheur que le public ſent vivement : mais combien ne ſeroit-il pas affligé ſi la province venoit à lui enlever l'auteur de cette Epître galante !

BEAUNOIR (Mde. de) travaille ſans relâche pour nos théâtres. On ſe rappelle encore aujourd'hui les brillans ſuccès de *Fanfan & Colas*. Il nous ſemble cependant que ce n'eſt pas cette pièce qui a le mieux conſtaté le mérite de madame de Beaunoir, puiſque M. l'abbé Aubert en avoit déjà fait au moins les trois quarts & demi. Ce ſeroit plutôt, ſelon nous, la *Suite de Fanfan & Colas*, ou bien *Jérôme Pointu*, le

chef-d'œuvre des Variétés. On ne
sauroit concevoir comment une
femme seule a pu souffler à un
vieux Procureur tant de jolies
choses pour rire. L'envie s'est aussi
déchaînée contre madame de Beaunoir. On a prétendu, on prétend
même encore que le mari dicte,
lorsque Madame écrit. Ceci n'est
qu'un conte, auquel les personnes
sensées n'ajouteront jamais foi. Il
est vrai que M. de Beaunoir est
auteur aussi ; mais comment se
persuader qu'il ait été assez mal-
adroit, ou, si l'on veut, assez
complaisant pour ne se réserver que
les *Amis du jour*, pièce qu'on n'ose-
roit comparer à celles de madame
son épouse, & qui n'a fait que paroître au théâtre ?

BECCARY

BECCARY (Mde.) doit être comptée au nombre de ces auteurs bienfaifans , qui font paffer tous les jours dans notre langue les chef-d'œuvres de la littérature angloife. On fent bien que nous voulons parler de *Fanni Spingler.* Cet ouvrage de madame Beccary eft plein d'une morale vraie, ufuelle, & fans exagération. Il y a bien cependant quelque petit défaut ; mais c'eft le talon d'Achille , il eft difficile à faifir.

BENOÎT (Mde.) a fait , outre plufieurs pièces de théâtre , un ouvrage très-moral. Le but eft de prouver que tout eft folie dans la prudence humaine. C'eft une réflexion bien trifte, bien humiliante pour notre malheureufe efpèce ;

B

mais dont nous avons reconnu plus
que jamais la vérité, en parcourant
le livre de madame Benoît, où l'on
trouve une infinité de chofes bien
penfées & très - philofophiques ,
quoiqu'il ne foit pas plus gros
qu'un volume de l'Encyclopédie.

ISABELLE BERGHMANS (Mlle.)
eft une mufe étrangère, très-verfée
néanmoins dans la poéfie françoife.
Des bouts rimés, pleins d'une morale faine & vigoureufe , forment
fes *lettres de naturalité.*

BLAIREAU, (Mlle.) Une hé-
roïde de la belle Mancini à
Louis XIV, qui ne le cède point
à celle d'Héloïfe , eft la pièce
de réception de cette Demoifelle
au temple de mémoire. Une Idille
de Gefner, traduite en très-beaux

vers françois, lui a été auffi d'un grand fecours. Quoique mademoifelle Blaireau ait affez fait pour fa réputation, elle ne fe croit pas encore quitte envers le public. On parle beaucoup d'une réponfe de Louis XIV.

O utinam!

BOCCAGE. (Mde. du) Nous ne répéterons point ici les éloges qu'on a prodigués fi juftement à fes deux poëmes. Tout le monde fait avec quel fuccès l'auteur a lutté contre Milton & Camoëns. Nous rappellerons feulement à la mémoire des gens de goût, un autre ouvrage de madame du *Boccage*, qui n'eft pas, à beaucoup près, auffi connu qu'il le mérite, & cela par la faute des Comédiens François. Nous voulons parler d'une tragédie en cinq actes & en vers, intitulée les *Amazones*, pièce dans laquelle on reconnoît les fentimens nobles & fublimes de cette *Amazone* de la littérature.

BOURDIC (Mde. la Baronne de) eft Poëte dans toute la force du terme; fes petits vers, qui pour-roient déjà remplir deux gros vo-lumes in-8°., ont la douceur des pavots; la morale en eft auffi très-faine & très-lumineufe. Nous en avons une preuve fingulière dans une Epître de Madame, adreffée à une jeune amie qui vouloit allaiter fon enfant. Elle lui con-feille de n'en rien faire, & lui prouve clairement que ce feroit gâter *fon beau fein*, & changer *Vénus* en *Cybèle*. Madame de Bour-dic a mis le fceau à fa réputation,

en chántant le plus grand ennemi
de fon fexe, c'eft-à dire, le *Silence*.
Voici le début :

Contemporain avec l'éternité,
Silence! tu régnas fur la nature entière,
Long-temps avant que la matière
Reçût les lois de la Divinité.
Tout fut en toi; *fans toi rien n'eût été.*

Pas même les ftrophes élégantes
de madame la Baronne.

BOUQUET, (Mde.) Auteur-
Libraire à Falaife en Normandie.
On a vu dans ces derniers temps
un Poëte bas-breton agacer tous
les beaux efprits de la France
fous le mafque femelle, & devenir
enfuite le jouet de fes admirateurs
les plus paffionnés. Madame Bouquet a parodié cette tragédie d'une
manière fort adroite, en faifant

paroître fes ouvrages fous le nom fpécieux d'un M. *Lar*...... (lifez *Larivière*) , Etudiant en droit. Cette mufe originale nous a déjà régalés d'une foule de chanfons frappées au bon coin; mais le meilleur plat de fon métier eft un Almanach pour l'année biffextile 1788 , intitulé *Etrennes comme il y en a peu :* on pourroit dire, *comme il n'y en a point.* C'eft une encyclopédie en miniature. Profe, vers , aftronomie , géographie, phyfique , bons mots , anecdotes curieufes, tout s'y trouve : en un mot, c'eft le *vade-mecum* des plus grands connoiffeurs de Falaife.

Si jamais notre Almanach parvient jufques dans cette ville célèbre (ce que nous n'ofons trop efpérer), la modeftie de madame

Bouquet fera peut-être alarmée de la préfente notice. Nous la prions cependant de confidérer, qu'ayant entrepris l'éloge des femmes célèbres, nous ne pouvions, fans une injuftice criante, lui refufer le tribut qu'elle mérite : d'ailleurs notre indifcrétion ne peut que lui faire honneur : fes ouvrages ont été goûtés, même comme provenant d'un homme; combien le public ne va-t-il pas redoubler fes louanges, quand il apprendra que c'eft une femme qui en eft l'auteur !

BOURETTE. (Mde.) Comme fes autres ouvrages font entre les mains de tout le monde (1), nous ne parlerons ici que de fa *Coquette*

─────────────

(1) Voyez la Mufe *limonadière.*

punie , comédie en un acte & en vers , qui peut très-bien faire pendant à la *Coquette corrigée* de madame *de Guibert*. Un incrédule , ou plutôt un jaloux de la gloire de madame Bourette , nous a foutenu *mordicus* que cette pièce étoit une chimère qui n'exiftoit que dans notre imagination. Nous enragions ; & cependant , quoique fûrs de notre fait , nous ne favions trop comment le prouver, lorfqu'un amateur de théâtre , à qui nous avions confié notre embarras , nous à affurés qu'il avoit affifté aux funérailles de cette pièce , & nous en a même délivré , pour plus grande fûreté , un extrait mortuaire, avec lequel nous avons auffi-tôt fermé la bouche à notre adverfaire.

BRUNET, (Mlle.) la cadette

de Fontenay-le-Comte, vient de quitter dernièrement l'énigme pour l'acroftiche. Cette jeune mufe prof-père à vue d'œil.

C.

CANDEILLE , (Mlle.) Poëte , Actrice , & Muficienne. Toutes les fois qu'elle chante au Concert fpirituel des vers & de la mufique de fa compofition , elle n'obtient pas moins d'applaudiffemens qu'au théâtre.

CASTAN de Narbonne (Mlle.) s'eft jetée à corps perdu dans la Charade, où elle fait des prodiges. En voici une preuve convaincante :

Dans les forêts mon premier *vit debout;*
On entend mon dernier, on avale mon tout.

(Poiffon.)

[34]

SAINT-CHAMOND (Mde. la Marquife de) eft auffi diftinguée par fes talens que par fa naiffance. Lifez *les Amans fans le favoir*, comédie en trois actes & en profe, dont elle a enrichi la fcène françoife. Cette pièce nous a paru auffi fingulière que fon titre ; & nous ne concevons pas comment les Comédiens , qui remettent tous les jours au théâtre des pièces dé-teftables, ne penfent point à celle de madame la Marquife : nous en oferions garantir le fuccès.

CLAINVILLE (Mde. de) envoye quelquefois au Mercure de France des charades marquées au coin du génie ; mais malheureufement & par une fingularité bien extraordi-naire , Madame ne *rime que dans les temps de pluie*. Il feroit à fouhaiter pour les amateurs de la charade qu'il plût toujours.

COURCELLES, (Mlle de) Américaine. Semblable à ces plantes agréables que les curieux tranfportent de l'un à l'autre hémifphère, & qui deviennent l'honneur & l'ornement de nos jardins ; cette jeune mufe, tranfplantée des bords américains fur les rives de la Seine, fait l'amufement & les délices de la France littéraire. C'eft une acquifition dont nous ne pouvons trop nous féliciter, & que doit bien regretter l'hélicon de l'Amérique. Heureux deftin du Parnaffe françois, qui s'enrichit des pertes de toutes les nations de l'univers connu !

Voyez fur-tout l'Epître de Ma-

B 6

demoiselle de Courcelles à M. le Comte de Treffan.

D.

DESGRANGES (Mlle.) vient de donner un furieux démenti à ceux qui prétendent que *tout eft dit*, puifqu'elle a fu fe faire une réputation brillante dans le genre le plus rebattu, c'eft-à-dire, le *Triolet*. Les Œuvres de mademoifelle Desgranges font déjà d'une rareté fans exemple ; preuve inconteftable de leur mérite.

DUFRESNOY (Mde.) eft d'une fécondité étonnante. Nous fommes encore à concevoir comment cette Dame peut rédiger à elle feule, & même quelquefois meubler en entier un Journal auffi varié, auffi intéreffant, auffi volumineux que le *Courrier lyrique*, fans que les Journaux fes confrères en fouffrent ; car il y en a bien peu où l'on ne trouve quelques Epîtres de madame Dufrefnoy à MM. *Knapen* fils, *Damas*, &c. Ses vers en outre difent cent fois plus qu'ils ne font gros ; une douzaine feule fuffit pour occuper pendant plus de quinze jours un lecteur réfléchi. Nous croyons, par exemple qu'on doit faire une paufe après la lecture de ce quatrain, adreffé aux arbres du bois de Vincennes :

« Beaux arbres, ...
» Que j'aime votre ombrage frais !
» Vous infpirez le badinage,
» Et vous ne babillez jamais ».

E.

EMILIE, (Mlle.) âgée de treize ans, a lancé une Epigramme contre les auteurs qui *compofent par cha-pitres*. Mademoifelle Emilie eft bien méchante pour fon âge.

EVÊQUE, (Mlle. l') fi connue par fes Idilles. Ce genre manquoit à notre littérature ; mais Mademoi-felle a fi bien réparé cette lacune, que nous n'avons plus rien à en-vier, de ce côté, aux Grecs, aux Romains, & aux Allemands. Sans vouloir rétracter ici les éloges que nous donnons plus bas à ma-dame *Verdier*, il nous femble que Mademoifelle a eu autant de part qu'elle à la fucceffion de Théo-crite, puifqu'à l'exception de quelques traits un peu trop fublimes pour l'Idille, on retrouve entièrement la touche de cet auteur en lifant mademoifelle l'Evêque.

F.

FALCONNET, (Mde.) autrefois madame *Chaumont* , par un excès de modeftie, bien excufable dans toute autre perfonne qui n'auroit pas fes talens, a d'abord cru devoir partager le fardeau de fes travaux & de fa gloire avec madame *Rofet*. La réunion de ces deux génies a produit l'*Heureufe Rencontre.*

FER..... (Mde. la Marquife de la) Nous ne connoiffons que la moitié du nom de cette Dame. Il n'en eft pas de même de fes

Fables divines. Un ſtyle vraiment neuf, une philoſophie toujours gaie, toujours naturelle, en font le principal mérite. Il eſt aiſé de voir que Madame eſt une vraie Marquiſe, ou du moins qu'elle en a la fortune. Sans cela, prodigue-roit-elle ſi largement à tous les journaux des ouvrages dont la collection feroit capable d'enrichir un Auteur pauvre, & vingt Librai-res qui mourroient de faim ? Que Lafontaine eſt petit auprès de ma-dame la Marquiſe ! Comparez ce qu'il a fait de mieux avec le com-mencement de cette Fable, & jugez :

(*Le Brochet & les Grenouilles.*)

» Sur les bords d'un étang des grenouilles chantoient,
» *Ou, pour mieux dire, croaſſoient.*

» Un brochet qu'elles ennuyoient
» S'en plaignit l'*autre matinée*.
» Il les apostropha d'une étrange façon
» Sur leur *voix* & sur leur *figure*,
» Sur leur *démarche* & leur *tournure*,
» Sur la *baffeffe* enfin de leur condi-
  » tion, &c ».

Voilà le véritable ftyle de la Fable, que ni Lafontaine, ni même Lamotte n'ont jamais connu.

FITTE (Mde. la) a mis au jour un ouvrage des plus intéreffans : il a pour titre, *Entretiens*, *Drames*, *& Contes moraux à l'uſage des enfans*. Nous ne connoiffons jufqu'ici que M. Berquin qui puiffe être comparé à cette Dame. La plus étonnante érudition, la diction la plus élégante, les particularités les plus précieufes font les traits caractériftiques de ce petit volume. Nous

y avons fur-tout lu & relu un en-
tretien de *Jacquot* qui cueille des
prunes de *Monfieur avec fon papa ;*
& nous foutenons qu'il faut le connoître, pour connoître la belle nature.
Nous y avons de plus admiré deux
queftions importantes, qui donnent
lieu aux plus favantes réponfes. Il
s'agit de favoir fi *métamorphofe* ne
veut pas dire *changement*, & fi les
chenilles ont *des yeux*. La préface,
dont le ftyle eft fingulièrement
coulant, eft adreffée à la Reine de
la Grande-Bretagne. On n'en fera
pas furpris, fi l'on confidère que
l'ouvrage de madame la Fitte eft
fait pour être traduit, non feulement en anglois, mais dans toutes
les langues vivantes, depuis l'ita-
lien jufqu'à l'arabe.

FRÉRON, (Mde.) digne fœur

de M. l'abbé Royou. C'eſt elle qui fournit en partie les meilleurs extraits de *l'année littéraire* ; éloge court ſans doute , mais que les connoiſſeurs ſauront apprécier.

FRIQUET, (Mlle.) Peintre en éventails , donne beaucoup auſſi dans l'Enigme. Nous conjurons mademoiſelle Friquet de continuer à peindre en éventails.

G.

GAUDET & GERVAIS, (Mlles.) Ces deux muſes ont monté leurs lyres ſur le vieux ton gaulois , & s'évertuent dans la Romance , où elles obtiennent des ſuccès égaux. Voyez les *Etrennes lyriques* & autres *Journaux* de cette force.

GAUTHIER. (Mlle.) Une petite chanfon que nous avons déterrée fur les boulevarts du Temple, nous a convaincus de l'exiftence de cette Mufe. C'eft une imitation des *Adieux* de Voltaire, mais bien autrement tournée que l'original : elle eft intitulée, *Le bon jour d'un jeune homme qui entre dans le monde.* Qu'on juge du refte par le premier couplet :

« Fi d'un mauffade & fot amant
» Qui jure d'aimer conftamment ;
  » J'abjure fa folie.
» *Vive d'être comme le vent !*
» Je veux changer d'objet fouvent.
» *Bon jour*, la Compagnie ».

Voilà ce qu'on peut appeler de la poéfie fans enflure.

GILLIER d'Ervy-le-Chaſtel. (Mlle.) Voy. madame de Trignolles.

GOUGELET (Mde.) a mérité les éloges de toutes les perſonnes inſtruites, par ſon *Abrégé de l'Hiſtoire ſainte, romaine, de France, & de la Fable ;* recueil immenſe qui a dû coûter bien des ſueurs & des veilles à ſon Auteur. Nous avons appris indirectement que la ſanté de Madame en avoit été dérangée, ce qui nous paroît aſſez croyable. On ne dira pas cependant qu'elle ait travaillé par intérêt, puiſqu'avec une livre & dix ſous on peut ſe procurer ce double, ce trible, ce quadruple *abrégé.*

GOUGES, (Mde. de) Auteur dramatique, a fait, entre autres ouvrages, *l'Homme généreux,* & le

Mariage inattendu de Chérubin. Ces deux pièces n'ont point été jouées. On prétend que l'Auteur a commencé par les faire imprimer, pour prévenir la trop grande fenfation qu'elles auroient pu faire à la repréfentation. D'ailleurs les acteurs jouent quelquefois fi mal, qu'ils vous empêchent de fentir toutes les beautés d'un ouvrage. C'eft peut-être encore là ce qui a fait prendre à Madame un parti bien cruel pour le théâtre & pour les amateurs. Il eft probable qu'elle ne tardera pas à les en dédommager. Nous l'en conjurons, de notre côté, au nom de fon extrême facilité, qui eft fi grande, qu'elle parie *faire un drame en vingt-quatre heures, fur quelque fujet qu'on lui propofe.* De mauvais plaifans ont dit, il eft vrai, que *c'étoit encore trop*. Nous nous garderons bien de les en croire ; nous aimons mieux nous en rapporter aux Auteurs du Mercure de France. On fait combien ces Meffieurs font févères, & combien il faut qu'un ouvrage foit parfait pour mériter leurs éloges. Or lifez le Mercure à l'article de *Gouges*, & vous verrez quelle eft celle qu'on ofe déchirer de la forte (1).

GRANFAND la jeune. (Mlle. de) Nous nous préparions déjà à lui faire les plus fanglans reproches

_____

.(1) On nous a affurés que madame de Gouges eft auffi l'Auteur de la *Fameufe lettre au peuple*, ou *Projet d'une caiffe patriotique*. Grands Dieux ! quelle femme ! . . . .

d'en être encore à l'Enigme, lorf-
que nous avons appris qu'elle
s'étoit abonnée avec M. *Panckoucke*
pour cette partie. Il eft bien jufte
que Mademoifelle rempliffe fes en-
gagemens.

GUIBERT, (Mde. de) ennuyée
de voir que la *Coquette* de la NOUE
n'en corrigeoit aucune, prit la
chofe au tragique, il y a quelques
années, & tira de fa tête une
tragédie fuperbe, en..... un acte
& en vers, qui porte le même
nom que la comédie. On affure
que madame de *Guibert*, armée de
cette pièce, auroit opéré la plus
grande révolution en France, &
auroit fait difparoître toutes les
Coquettes poffibles en auffi peu de
temps que Molière foudroya les
précieufes ridicules de fon fiècle.

Malheureufement

Malheureuſement la leçon étoit trop forte. Les Coquettes de bonne volónté, qui s'étoient rendues au ſpectacle pour en profiter, tombèrent toutes en ſyncope : ce qui troubla d'abord le jeu des acteurs. D'un autre côté, les Amans qui fourmilloient au parterre, prévoyant bien que s'ils n'étouffoient dès ſa naiſſance, ce chef-d'œuvre nouveau, ils ſeroient bientôt chaſſés de leurs domaines, tirèrent leurs ſifflets, & en deux tours de main, voilà la nouveauté proſcrite. Elle eſt donc paſſée du théâtre françois ſur les théâtres de ſociété, où quelques converſicns clandeſtines conſolent un peu l'Auteur de l'injuſtice & de l'endurciſſement du public.

Voyez l'Almanach des ſpectacles.

C

G ✳✳ de Marſeille. (Mlle.) C'eſt
le Chantre ingénieux des V ✳✳✳ Malgré la fortune brillante de ce petit
poëme , malgré les éloges donnés
au bon goût de l'Auteur , nous
étions déterminés à lui fermer
l'entrée de notre journal ; & la
raiſon , c'eſt que nous ne voulions
pas offrir d'Enigme aux lecteurs :
mais on nous a repréſenté que la
première lettre du nom ſuffiſoit ,
& que tout le monde devineroit
aiſément le nom du héros que
mademoiſelle G ✳✳ a voulu célé-
brer,

H.

HAMEL (Mlle. du) eſt auſſi
pour quelque choſe dans l'*Almanach des Spectacles.* Nous croyons

apprendre une nouvelle à nos lecteurs, en leur difant qu'on l'y
gratifie d'un divertiffement en un
acte, mêlé d'ariettes, & joué, en
1763, fous le titre d'*Agnès*.

HOUZARD. (Mlle. Victoire)
Une petite chanfon, intitulée *Ça
ne fe fait pas*, pleine de gaîté & de
faillies, l'a placée tout d'un coup
fur le Pinde, entre Piron & Collet.

J.

JAVOTTE, la *Ravaudeufe*, (Mlle.)
vient de donner au public une édition de fes poéfies, fous ce titre :
*Chiffons, ou Mélanges de raifon &
de folie.* Nous avons fouillé avec
grand plaifir dans les chiffons de
mademoifelle *Javotte* ; nous les
avons fecoués de notre mieux, &

[52]

nous y avons trouvé ce vers admirable.

,Vit-on jamais *gâchis* pareil à celui-là?

Lecteurs , avons - nous perdu
notre peine ?

JULIEN (Mlle.) eſt connue par
une *Hiſtoire des Dieux* , ou *Hiſtoire
poétique* , ouvrage qui a mis dans
tout ſon jour l'érudition de Mademoiſelle. Les collèges l'ont adopté
à la place du *Dictionnaire de la
Fable* , par M. *Chompré,*

K.

KÉRALIO, (Mlle. de) fameuſe
Hiſtoriographe de Sa Majeſté pro-
teſtante Eliſabeth , Reine d'Angle-
terre. Il manquoit à la gloire de
cette Princeſſe d'être célébrée

d'une manière digne de ses grandes qualités, par une personne qui fût, comme elle, l'honneur & l'ornement de son sexe. Heureuse jusques après sa mort, elle a trouvé cet avantage inestimable dans mademoiselle de *Kéralio*. Un monument si précieux de ce Phénix des Historiens femelles ne pouvoit manquer de faire fortune. Aussi tout le monde a-t-il voulu acheter l'histoire d'Elisabeth ; & il n'y a pas un Epicier dans Paris qui ne s'en soit procuré, sous main, quelques exemplaires. Admirez cependant l'injustice ! On a dit (que ne dit pas l'envie ?), on a dit qu'en écrivant la vie de cette Princesse schismatique, mademoiselle de *Kéralio* avoit fait schisme avec le bon goût. Mais nous la garantissons très-or-

thodoxe fur ce point. Après tout,
Mademoifelle peut aifément fe
confoler. Eft-il rien fur quoi
la critique aux dents d'acier ne
trouve prife ? N'a-t-elle pas ofé
attaquer jufqu'au *Guftave* & au
Timoléon de M. de la Harpe ? Et
Dieu fait cependant s'il eft poffible
d'entamer ces deux ouvrages. Mademoifelle de *Kéralio* a eu le fort des
grands Hommes. Si elle étoit encore affez peu philofophe pour
s'affecter de la critique, nous lui
confeillerions amicalement de dire
de fon Hiftoire ce que dit *Petit
Jean* de fa conclufion :

On l'entend bien toujours ; qui voudra
mordre, y morde.

L.

LAISSE. (Mde. de) De nouveaux genres de proverbes dramatiques, mêlés de chants, de nouveaux Contes moraux, & un ouvrage fans titre, dédié à la Reine, le tout formant environ vingt volumes, feront paffer le nom de cette Dame jufqu'à la poftérité la plus reculée. Par un raffinement de critique inconcevable, le Rédacteur du Mercure, en rendant compte des Œuvres de madame de *Laiffe*, difoit que fon fexe follicitoit l'indulgence. Bon Journalifte, nous le favons auffi bien que vous; mais n'étoit-ce pas une méchanceté vifible de votre part de rappeler cette maxime en faveur de madame de *Laiffe* ?

C 4

LAUGIER de Grand-Champ,
(Mde.) après avoir rendu immortel le nom de *Gaudin*, illustre
encore tous les jours celui de
M. *Laugier*, son époux. Témoins
les couplets aimables qu'elle a
adressés à une jeune mariée. Nous
n'en citerons qu'un par curiosité :

« Que je plains l'insensible cœur
» Qui dans l'hymen voit l'esclavage !
» Ah ! n'adopte point cette erreur ;
» L'hymen doit faire ton bonheur :
» J'en ai pour garans ta candeur
» *Et la fraîcheur de ton visage* ».

Ah ! ce dernier garant est sûr.
Nous avouerons cependant que
nous ne nous attendions pas à
cette chûte. Tel est l'effet des
belles choses. Ce vers nous a frap-

pés au point que nous ne l'oublié-
rons jamais.

Et la fraîcheur de ton visage.

LILLE. (Mde. de) Feu M. Pa-
liſſot a dit quelque part que Tho-
mas Corneille fut vilipendé pour
avoir voulu changer ſon nom en
celui de Delile. Certes, une pareille avanie ne lui ſeroit pas arri-
vée dans notre ſiècle, où ce beau
nom eſt devenu pour le moins
auſſi fameux que celui de Corneille.

Le lecteur nous permettra de
claſſer ici tous ceux qui l'ont illuſ-
tré & qui l'illuſtrent encore chaque
jour.

LILLE, (M. de) Traducteur des
Géorgiques de Virgile, qu'on ne

lit plus qu'en vers françois ; Auteur du *Poëme des jardins*, &c.

LISLE, (M. de) (ç'en eſt un autre) qui a éclairé la nature du flambeau de ſa philoſophie.

LILLE, (M. l'abbé de) encore un autre, qui, par ſes vers mis au bas du portrait de M. de Buffon, a donné à ce grand Homme un brevet pour l'immortalité, qu'il n'auroit pu obtenir par ſes ouvrages.

Enfin madame de LILLE, qui fait des bouts rimés tels que Corneille n'en auroit jamais pu faire; Cet éloge n'eſt point outré ; on en ſera convaincu par les vers ſuivans :

Quand de notre clocher je découvre la FLÈCHE;

Pour faire un Marguillier quand je vais au
    Scrutin,
Plus fortuné que ceux qui roulent en
    Calèche,
Le reste des mortels est pour moi du
    Fretin, &c.

Quel bonheur de voir la flèche de son clocher ! L'inestimable félicité que d'aller au scrutin pour faire un Marguillier ! Est-il étonnant que madame de *Lille* soit alors plus *fortunée* que ceux qui *roulent en calèche*, & que le reste des mortels ne soit pour elle que du *fretin?* Quelle justesse, quelle philosophie dans ces pensées ! Faut-il, hélas ! que ce ne soient là que des bouts rimés, & que Madame n'ait pas la gloire d'avoir fait ces vers en entier !

Voyez le Mercure du 14 *juin* 1788.

C 6

LOQUET (Mlle.) édifie tout le
monde par ſes productions. Voyez
ſur-tout *Cruʒamante* , ou *l'Amante
de la Sainte-Croix*. C'eſt en conſ-
cience un chef-d'œuvre d'imagination & de piété. Il eſt fâcheux
pour Mademoiſelle que le ſiècle
ſoit ſi perverti. Son livre étoit
capable de faire la plus brillante
fortune ; car

Omne tulit punctum.

LORME. (Mad. de)

« Au Théâtre françois, la *Rup-*
» *ture* , ou le *Mal-Entendu* , comé-
» die , 1776 ; la *Jeune Sibylle* , ou
» le *Triomphe de Mars & de l'Amour* ,
» 1770 ».

*Extrait des regiſtres du Théâtre
françois.*

M.

MALARME. (Mde.) Plus de cinquante volumes de Romans, parmi lesquels on distingue *Richard Bodley* & l'histoire de *Love-Rose*, ont fait comparer cet Auteur, pour la fécondité, à l'abbé *Prévost* & à madame de *Genlis*. Mais par une fatalité attachée quelquefois aux plus grands noms, madame *Malarme* n'est pas, à beaucoup près, aussi connue qu'elle le mérite. On est même venu se plaindre à nous que ses ouvrages ne se trouvoient nulle part. Nous ne savons à quoi attribuer cette disparition. Ce qu'il y a de certain, c'est qu'ils ont existé. Si quelqu'un pouvoit en douter, il s'en convaincra en lisant le Mercure ; à telle enseigne, qu'en rendant compte d'un des mille ouvrages de cet Auteur, le Rédacteur minutieux lui reprochoit des vétilles auxquelles on ne devroit faire aucune attention : par exemple , d'écrire l'*honte* pour *la honte* , l'*hauteur* pour *la hauteur* , *fon hideufe figure* pour *fa hideufe* , &c. Nous demandons un peu s'il eft poffible que , dans la chaleur de la compofition , les grands génies prennent garde à ces taches légères. Pour les découvrir , il faut avoir les yeux de l'envie, ou le microfcope d'un Journalifte.

MALERME , (Mlle.) mufe *Bruxelloife* , s'exerce avec fuccès dans le Logogryphe. Nous dirons cependant qu'il lui refte encore beaucoup à travailler avant de pouvoir marcher de pair avec mademoiselle la *Savette*.

Au rifque de bleffer leur modeftie , nous en dirons autant à mademoifelle Adélaïde de *Mont-luçon* , ainfi qu'à madame la Comteffe de *Saint-Maximin de Montclair*. Si celle-ci veut fe faire une réputation folide dans ce genre , nous l'exhortons à mettre moins de richeffe dans fes rimes , & à ne pas faire rimer , par exemple , *lettre* avec *connoître* , &c.

MASSON-LE-GOLF (Mlle. le) n'eft guère connue que de ceux qui donnent dans les hautes fciences. Sa *Balance de la nature* a , dit-on , beaucoup fervi à M. de la *Salle*, auteur de la *Balance naturelle*, qui vient de paroître. On affure que l'affaire aura des suites , & que Mademoiselle va citer au premier moment son compilateur en justice.

Ciel ! détournez les coups que ce grand jour prépare.

MAUGONNET (Mlle.) s'est élevée des autels dans le cœur de toutes les mères de famille & des Maîtresses de pension, en composant des *instructions pour les jeunes Demoiselles*. Son livre a pénétré jusques dans les couvens ; & il faut convenir qu'il en est bien digne.

MÉRARD DE SAINT-JUST (Mde.) s'amuse à aiguiser l'Epigramme & à confesser M. le Marquis de la *Salle*, tandis que son époux compose des distiques. Si l'on trouve

le titre de Confeſſeur un peu ex-
traordinaiae pour une femme, on
ſaura, pour plus grande clarté,
que M. le Marquis, ayant envoyé
un Vendredi-Saint ſa confeſſion
générale, en vers, à madame *Mérard*, s'accuſoit, entre autres pec-
cadilles, d'avoir fait la comédie
de l'*Officieux*. Cette Dame lui rima
une réponſe, où elle repréſente
au Pénitent que la faute eſt conſi-
dérable & preſque irrémiſſible. Nous
avons trouvé ce caſuiſte un peu
trop rigide. A ſa place, nous aurions donné ſans difficulté l'abſo-
lution à M. de la *Salle*, à condition
qu'il ne pécheroit plus.

MOILLET. (Mlle. Conſtance)
On a vu des Ecrivains ramer
comme Corſaires pendant tout le

cours d'une longue vie , pour
allier la réputation d'hommes d'efprit, à la réputation d'hommes de
probité, & finir par n'en mériter
aucune, ou du moins n'obtenir
l'une qu'aux dépens de l'autre.
Plus fortunée qu'eux, mademoifelle Conftance *Moillet* a fu fe les
approprier toutes les deux fans
qu'il lui en ait coûté plus d'un
quatrain. Tant il eft avantageux
de ne pas laiffer échapper les bonnes occafions ! Il s'agiffoit de favoir
« quelle eft la pofition la plus affli-
» geante pour une femme, d'aimer
» tendrement un époux qui n'a
» pour elle que de l'averfion, ou
» d'être tendrement aimée d'un
» mari q'elle n'aime pas » ? Voici
la manière fatisfaifante en tout fens

dont Mademoiſelle a réſolu ce pro-
blème :

> » Adorer un époux ſans eſpoir qu'il nous
>> » aime,
> » C'eſt ſans doute un deſtin affreux.
> » Pourtant je penſe qu'il vaut mieux
> » Faire un ingrat que de l'être ſoi-même ».

Cet aveu ſincère à la main, mademoiſelle Conſtance *Moillet* n'aura
pas manqué ſans doute de trouver
un époux. Puiſſe-t-il être digne
d'elle ! Puiſſions-nous nous-mêmes
trouver chacun une moitié qui ait
des ſentimens auſſi délicats. C'eſt
la ſeule choſe qui nous reſte à
déſirer, après le ſuccès de notre
Journal.

MONNET (Mde.) s'eſt fait
des ennemis de tous les Libraires
qui avoient encore quelques exem-

plaires des *Lettres perſannes* dans leur boutique , en publiant ſes *Lettres de Jenni-Bleinmore à Caleb.* Celles-ci ont maintenant toute la vogue dont jouiſſoient les premiè-res , qu'on ne lit plus. Madame a ſu mettre dans les ſiennes une cha-leur, une tendreſſe , une délica-teſſe de ſentimens qui vous en-chantent : c'eſt le ſtyle de Monteſ-quieu ; mais le ſtyle de Monteſquieu revêtu des grâces de celui de madame *Monnet.* Ce qui rehauſſe encore à nos yeux la gloire de cet Auteur ; ce qui nous a fait , s'il eſt poſſible , encore plus de plaiſir que ſes Lettres , c'eſt ſa modeſtie. Croiroit-on , ſi l'on n'en avoit la preuve , que madame *Monnet* ait pu douter un inſtant de la bonté de ſon ouvrage ? C'eſt pourtant ce qui eft arrivé. Elle n'a voulu donner fes Lettes qu'après les avoir confignées, les unes après les autres, dans le Mercure de France. Telle eft ordinairement la trempe des grands génies. Eux feuls ignorent leur mérite ; & tandis qu'on les comble d'éloges, ils fe reprochent encore de n'avoir pas mieux fait.

MONTENCLOS (Mde. de) a donné, en 1783, au Théâtre françois, le *Déjeuner interrompu*, comédie en deux actes & en profe. Cette pièce n'a pas eu un fuccès bien marqué : à peine même fe rappelle-t-on du nom ; mais ce n'eft qu'un coup d'effai.

Madame de Montenclos va bientôt fixer l'attention & l'admiration du public, en faifant repréfenter, coup fur coup, le *Dîner*, le *Goûter*, & le *Souper interrompus*.

MOREAU DE ROANE, (Mlle.) à peine âgée de quinze ans, lâcha dans le Mercure une Charade qui déconcerta les têtes les plus fortes. Tant il eft vrai que

. . . . . Pour les ames bien nées,
La rime n'attend point le nombre des années.

MORTEMART (Mde. de) a fait fes preuves d'érudition, en donnant les *Amufemens du jour*, ou *Recueil de petits contes*, dédiés à la Reine. Le nom de l'Auteur & l'E-pître dédicatoire de fon livre en font affez l'éloge. Tout ce que nous en pourrions dire feroit bien au deffous de fon mérite. Nous

garderons donc fur cette production un filence refpectueux ; mais
il nous eft impoffible de nous refufer au plaifir de citer de cette
Dame une petite pièce, qui donnera une idée de fon talent poétique.
La voici ; c'eft une Enigme.

« Auffi commun que je fuis néceffaire,
» Tu ferois, cher—lecteur, trop malheu-
       » reux
» Si je manquois à tes repas , aux jeux.
» Plus de plaifirs & point de bonne chère.
» Bien que de mo—i l'on fe faffe fête ,
» L'on me craint , & —c'eft pour bonne
       » raifon.
» Je fais rava—ge dans l'occafion ;
» Et tout eft per—du fi l'on ne m'arrête.
» Puis dans un fens à l'autre tout contraire,
» En m'employant, je puis très-bien aider
» Tout orateur à te perfuader ;
» Et tout Poët (e) fans moi ne fauroit
       » plaire ».

                        (Feu.)

Nous nous flattons que voilà
des vers comme on n'en voit pas
fouvent. Auffi efpérons-nous que
le public nous faura gré de la
nouveauté. Madame de Mortemart,
comme on en peut juger, n'eft
point de ces Verfificateurs timides
que la mefure embarraffe : elle fait
prendre l'effor & négliger ces mi-
nuties.

N.

NOAILLES, (Mde. la Marquife
de) *dans fa terre de Morfontaine,
près Marle, au diocèfe de Laon.* On
ne peut donner des renfeignemens
plus exacts. Grâces à cette Dame,
fi l'on ne trouve pas fes Enigmes,
on trouvera du moins l'Auteur.

ORMOI

O.

ORMOI (Mde. la Préfidente d') eft l'auteur du *Lama amoureux*, conte en profe. Les fentimens font très-partagés fur cette production. Il y a des perfonnes qui prétendent qu'elle l'emporte fur *Zadig* & *Candide* ; d'autres , qu'elle l'égale ; d'autres enfin , qu'elle n'en approche point du tout. Eft-ce admiration outrée pour Voltaire ? Eft-ce prévention contre madame la Préfidente ? C'eft fur quoi nous avouons notre ignorance.

Non licet inter nos tantas componere lites.

P.

PARENT (Mde.) nous a fait

D

part, l'année dernière, du *Printemps d'une jolie femme*, deux pages in-12. Les trois autres saisons paroîtront successivement. En attendant, nous dirons que cette jolie femme nous a paru très-précoce. Dès son printemps, elle ressent toutes les chaleurs de l'été. Que sera-ce donc quand elle peindra les feux de sa canicule ?

PARIGOT (Mde.) a enrichi la littérature d'un drame en trois actes & en prose, intitulé le *Comte de Wastan*, ou l'*Amitié trahie*. Il en est de cette admirable pièce, comme de la *Brouette du Vinaigrier*, de M. Mercier ; il faut à chaque moment en interrompre la lecture, pour donner un passage libre à ses sanglots & à ses larmes,

PAULIVA DE NOUGET , (Mlle.)
laiſſant là le genre aimable , mais
un peu futile , de l'Acroſtiche & de
l'Enigme , a voué ſes talens à
l'amuſement des Dames religieuſes
& Sœurs de Communautés , pour
leſquelles elle a compoſé un mil-
lier de Cantiques. La beauté de ſa
poéſie répond parfaitement à la
probité de ſes intentions.

PERROCHE DE COMPANS (Mlle.)
eſt née, ſelon nous, pour la Romance. Voyez les *Regrets d'Eliſabeth*, pièce qui ſe trouve par-tout,
& dans laquelle Mademoiſelle a
déployé tant de talens , *qu'elle
laiſſe de bien loin ſon Marot après
elle.*

PRINCE DE BEAUMONT (Mde. le)
eſt déjà très-avancée dans la litté-

rature. Nous ne défefpérons pas
de la voir un jour égaler, & peut-
être même furpaffer madame *Elie
de Beaumont.*

PLESSIS (Mde. la Baronne du)
a fait la plus belle collection que
l'on puiffe imaginer : elle eft intitulée, *Répertoire des lectures faites
au Mufée des Dames.* C'eft là que
fe peint dans toute fon étendue le
génie de notre Héroïne ; c'eft là
que les yeux du lecteur pourront
contempler fa gloire, fi toutefois
ils n'en font pas éblouis ; ce dont
nous ne voulons pas répondre.

POTELLE (Mde. de) eft inimi-
table dans l'Enigme, quoiqu'elle ne
s'y livre qu'en paffant & pour fe
délaffer des foins du ménage.

POULAIN DE NOGENT (Mde.) a recueilli complètement ses poésies, noyées jusqu'ici dans nos journaux. Tout ce qui peut piquer la curiosité des lecteurs, se trouve réuni dans les Œuvres de madame Poulain. Pour en avoir une idée, il ne faut que lire une Epigramme de sa façon, intitulée le *Phénix*. C'est vraiment le Phénix des Epigrammes, quoiqu'on y ait trouvé un peu trop de sel.

« Un ami véritable
» Est un riche trésor ;
» Il est plus désirable
» Que des millions d'or.
» Mais ce bien délectable,
» *Hélas ! hélas ! est rare encore.*

R.

RAINAUD (Mlle.) a fait d'un feul coup de pinceau un portrait achevé de Mademoifelle ***. Deux vers lui ont fuffi pour peindre le moral & le phyfique.

> » Son fein de lis (dit-elle) eft le trône des Grâces,
> » Et fon cœur, celui des Vertus ».

Combien d'éloges emphatiques & diffus ne diroient pas tant !

RAUCOUR, (Mlle.) Actrice des *François*, a, dit-on, enrichi ce Théâtre d'une pièce & d'une préface très-violentes. Nous aurions la plus grande obligation à l'Auteur, s'il lui plaifoit de nous en procurer feulement un miférable

exemplaire ; car toutes nos recher-
ches ont été inutiles à ce fujet.

R I C C O B O N I. (Mde. de)
« Malheur (difoit Horace) à celui
» qui peut révéler les myftères de
» Cérès ! » Malheur, difons - nous
nous-mêmes, à celui qui ignore &
le nom & les ouvrages de cette
Doyenne de la littérature !

R O S S I, (Mde. de) indignée
de voir que les Grands, raffafiés
d'éloges pendant leur vie, aient
encore le privilège exclufif d'être
loués après leur mort, tandis que
la bonté, l'humanité, la bienfai-
fance, en un mot, toutes les
vertus d'un fimple particulier
femblent mourir avec lui, ou du
moins n'exiftent que dans la mémoire de quelques perfonnes qui

D 4

ont pu les envifager de plus près,
a frondé cette coutume injurieufe,
en compofant l'oraifon funèbre de
fon Amie. Bien que cet éloge n'ait
pas été prononcé en chaire, on y
trouve cependant de très-belles
chofes. Il y a des morceaux qui
feroient honneur à Boffuet lui-
même. Ce qui en rehauffe encore
le mérite, c'eft la diverfité qui y
règne. Perfuadée que rien n'ennuie
plus l'auditeur & le lecteur que la
monotomie & la trop grande uni-
formité du fujet, madame de *Roffi*
a fu varier les couleurs de fon
tableau. Tantôt elle nous fait le
portrait d'une coquette tout oc-
cupée du défir de plaire ; tantôt
celui d'une prude, qui n'a de la
vertu que les dehors. Ici, l'on
voit un bel efprit qui ne cherche

qu'à briller & éclipfer fes rivaux ;
là , on entend un grand parleur ,
qui parle beaucoup pour ne rien
dire. C'eft fans doute d'après ce
modèle que M. l'abbé *Fauchet*, le
Maffillon de nos jours , a fu enca-
drer de très-jolies églogues dans
l'oraifon funèbre de l'Archevéque
de *Bourges*.

R O U D I E R (Mde. Sophie) a
adreffé des couplets fublimes à
M. *François*, Peintre, qui lui avoit
promis fon portrait. Comme ils ne
font pas encore auffi connus qu'ils
le méritent , nous allons les tranf-
crire ici. On affure que les amateurs de la haute littérature y ont
admiré le goût réuni à la raifon.
Cependant (nous en faifons l'hu-
miliant aveu) jamais nous n'en
avons pu approfondir le fens myf-

D 5

térieux. C'eſt une Epître énigmatique que nous propoſons à nos
lecteurs. Plaiſe au ciel qu'ils vien-
nent tous à bout de la deviner !
Attention ; nous commençons :

J'ai vu le goût & la raiſon
Unir, pour faire une couronne,
Aux *fleurs* que chérit Cupidon,
Frais lauriers, non ceux de Bellone,
Mais ceux dont décore Apollon
Celui qui chante avec *ſimpleſſe* (1)
Ses Dieux, ſon Prince, & ſa Ninon.

Pour qui, dis-je aux Divinités,
Cette couronne triomphante ? —
C'eſt pour François. — Ciel ! écoutez.
Ah ! daignez remplir mon attente ;
Il a des droits ſur vos cœurs.
Raiſon, il vous fit ſi jolie !

_____

(1) Nouveau mot, dont la langue eſt rede-
vable à madame Roudier.

A tous deux prêtant ſes couleurs,
Son pinceau vous rendit la vie.

Fiat lux.

RUPÉRY (Mlle. Julie de) n'a fait qu'une Fable, du moins nous n'en connoiſſons qu'une; mais c'eſt aſſez pour lui mériter une place dans notre Almanach, & conſéquemment pour la rendre immortelle.

ROZET. (Mde.) Voyez madame *Falconnet.*

S.

SAINT-LÉGER (Mlle. de) eſt Poëte & Auteur comique. Nous avons d'elle de petits & de grands vers, pleins de ſentiment; entre autres, une longue Epître à ſa

D 6

chère mère, qui respire, d'un bout
à l'autre, l'amour le plus filial.
Item, elle a donné aux *Variétés* les
Deux Sœurs, comédie dont l'in-
trigue est forte & bien conçue. Il
est vrai qu'elle est écrite en prose,
mais en prose si harmonieuse,
qu'on la prendroit volontiers pour
de la poésie véritable. Aussi M. *Le-
mière* (qui s'y entend) a-t-il
adressé une Epître à Mademoiselle,
dans laquelle il lui dit, « qu'en
» faisant la comédie des *Deux Sœurs*,
» elle a prouvé net & clair qu'elle
» connoissoit les neuf ».

SAURIN. (Mde.) Personne
n'ignore ses fameux couplets, in-
titulés les *Conseils*. Jamais Sapho
n'a mieux pensé ni mieux écrit.
C'est le style de Chaulieu, sans ses
négligences.

· SAVETTE (Mlle. la) entend parfaitement l'art du Logogryphe. M. *Triangle* eſt , à notre avis , le ſeul qui puiſſe lui diſputer la palme dans ce genre auſſi pénible qu'aimable.

SILLERY, (Mde. la Marquiſe de) ci-devant Comteſſe de Genlis , & de plus *Bonne*, ou , comme l'on dit , *Gouvernante* des enfans de S. A. S. Mgr. le Duc d'Orléans, eſt bien la plus ſavante femme des femmes ſavantes paſſées , préſentes , & probablement à venir : ſes Œuvres , qui ſe montent déjà à plus de ſoixante & dix volumes , en font foi. Des perſonnes jalouſes de la réputation & de la fortune de madame la Marquiſe , ont voulu perſuader au public qu'elle n'étoit point la mère, mais feulement la marraine des chef-d'œuvres innombrables qui courent fous fon nom : elles en attribuent une partie à M. de la *Harpe*, & l'autre à M. *Gaillard*, tous deux de l'Académie Françoife. Peut-on poufler plus loin la médifance ? Nous nous garderons bien d'appuyer ces bruits injurieux. Nous dirons au contraire qu'il nous eft tombé entre les mains une lettre de madame de *Sillery*, écrite & fignée par elle-même, où nous avons retrouvé entièrement le ftyle de fes autres ouvrages, à quelques fautes près de langage & d'orthographe, affez communes aux femmes auteurs, mais qu'on eft dans l'ufage de leur pafler.

T.

TRÉBONAS. (Mde. la Comteſſe de) Une Charade en douze vers eſt la pièce authentique avec laquelle nous confondrons tout mortel téméraire qui oſera nous nier l'exiſtence de cette Muſe.

TRIGNOLLES, (Mde. de) à *Cuſſet*, a choiſi le genre énigmatique , ainſi que mademoiſelle Marianne de *Boiſgibert* & mademoiſelle *Gillier* d'*Ervy-le-Chaſtel*. Nous ne ſavons à laquelle de ces trois Déeſſes rivales donner la pomme. Nous croyons cependant avoir remarqué des progrès plus ſenſibles dans mademoiſelle *Gillier*. Toutefois , comme nous ne ſommes pas infaillibles , nous ſommes prêts à nous rétracter, dès qu'on nous aura démontré la fausseté de notre jugement.

V.

VALINCOURT (Mde. de) n'a pu apprendre la mort généreuse du Prince de Brunswick, sans être pénétrée d'admiration. Aussi-tôt elle a embouché la trompette héroïque, & en a tiré des sons si *mâles* & si nerveux, que toute la ligue des Poëtes brunswickois a tremblé & s'est tue devant elle. Ce n'est pas tout ; l'Auteur, pour se prêter aux désirs de ceux qui seroient curieux de se procurer son ouvrage, a fait mettre son adresse sur le frontispice. Madame demeure donc *rue de la Grande Truanderie*, *numéro* 31, Voilà pour le coup une

Mufe bien logée. *Rue de la Grande Truanderie !* Qui auroit jamais cru que le Parnaffe fût placé là ? *O tempora ! ô mores !*

VARDON. (Mlle. de) Quelques perfonnes trouvent le nom de cet auteur un peu trop dur à prononcer. Elles n'oferoient en dire autant de fes vers, qui font la douceur même. Nous n'en donnerons pour preuve que fon Ode de la *Parfaite indifférence*, imitée de *Métaflafe ;* Ode qui, foit dit en paffant, n'a pas été jugée inférieure à fon modèle. Si l'on avoit quelque chofe à reprocher à mademoifelle *Vardon*, ce feroit le choix de fon fujet ; car ce n'eft point aux Grâces à chanter l'indifférence.

VASSÉ (Mde. la Baronne de)

s'eſt fait la réputation la plus brillante par l'édition des *Dangers de la jeuneſſe*, un des mille & un Romans traduits de l'anglois, & par conféquent au deſſus de nos éloges.

VERDIER (Mde.) eſt admirée par-tout où ſe lit l'*Almanach des Muſes*. Elle y a enregiſtré, l'an de grace 1787, des Stances, & une Epître ſur les agrémens de la campagne, qui ont fait oublier tout ce que Racan & Segrais ont écrit de mieux ſur ce ſujet. M. de Florian ne les déſavoueroit pas. Un Poëte, émerveillé des talens de madame *Verdier*, a fait ainſi ſon portrait :

Tendre Emule de Théocrite,

Qui lui légua des chalumeaux (1);
  Tout rend hommage à fon mérite,
  Son fexe, & même fes rivaux.

Nous nous joignons ici à la foule de fes admirateurs, quoique nous ne foyons ni de fon fexe, ni de fes rivaux.

VILLEFRANC (Mde. de) nous a donné l'hiftoire de fa vie fous ce titre modefte : *Les Foibleffes d'une jolie femme*. Si la vérité a préfidé à ces mémoires, on peut dire qu'ils honorent infiniment & la plume & les mœurs de l'Auteur. On y admire fur-tout la manière ingénieufe dont madame de *Ville-*

_____

(1) La fucceffion vient de loin. *Note du Libraire,*

franc, avec cinq ou fix Dames de fon mérite, punit l'indifcrétion d'un certain Chevalier. L'hiftoire d'un *Abbé périgourdin*, qu'elle fait jeter par les fenêtres pour prix de fon audace & de fes noirceurs, n'eft pas moins attachante. Cependant, au milieu des juftes éloges que nous lui donnons ici, nous ne pouvons nous empêcher de la blâmer d'avoir un peu trop négligé la partie typographique de fon ouvrage. Les plus grands chef-d'œuvres en ont befoin dans le fiècle où nous vivons ; & ce n'eft pas ordinairement à la *Bibliothèque bleue* qu'on va les chercher, bien qu'on y trouve la *Henriade*, les *Contes moraux* de M. de *Marmontel*, avec les *Foibleſſes d'une jolie femme*.

VIOLAINES (Mde. la Comteffe de) a rimé une Epître charmante à M. fon fils , dans laquelle on aime à voir réunies & la tendreffe d'une mère , & la fcience d'une Bohémienne. Après avoir remercié ce cher enfant de lui avóir procuré ce titre dont toute femme doit s'honorer, elle lui prédit qu'il fe diftinguera un jour par fon amour pour fon Roi. La raifon folide qu'elle en apporte , c'eſt qu'il a une fleur de lis empreinte au deffus de l'œil. Heureufes trois fois les perfonnes qui favent faire un fi bel ufage de la poéfie !

VAUTHIER (Mlle.) a foin , pour varier , de divifer fes cha-rades en couplets ; ce qui rend ces

petites pièces très-piquantes. Tout
le monde veut les avoir , & c'eſt
à qui les chantera à table.

PRÉDICTIONS

POUR

L'ANNÉE 1789.

Nous avertiſſons nos lecteurs, qu'en faiſant ces prédictions, nous n'avons point conſulté les Cieux, & cela pour deux raiſons. D'abord, c'eſt que nous avons cru qu'il y avoit très-peu de rapport entre le cours des aſtres & les choſes que nous annonçons. En ſecond lieu, nous avons mieux aimé qu'on s'en prît à nous-mêmes, plutôt qu'aux étoiles, s'il arrivoit par haſard que nous nous fuſſions trompés.

PRÉDICTIONS

PRÉDICTIONS.

Pour le mois de Janvier.

UN nouvel ouvrage de madame la Marquise de *Sillery*, ci-devant *Comtesse de Genlis*, fera encore beaucoup de bruit. Ceux qui ne connoissent pas l'heureuse fécondité de cet illustre Auteur, seront étonnés de voir paroître tout à coup vingt petits volumes in-8°., contenant des *Remarques historiques, géographiques, & politiques sur les Veillées du chateau.* Mais ce n'est que le prélude d'un nouveau plan d'éducation dont cette sage insti-

E

tutrice prépare les matériaux depuis plus de dix ans.

Grand procès entre madame *Malarme* & madame de *Riccoboni*, pour quelques cinquantaines de Romans qu'elles se reprocheront toutes deux d'avoir pillés l'une sur l'autre. Le Parlement, bien embarrassé, renouvellera le jugement de Salomon. Un grand bûcher sera préparé pour y jeter le sujet de ce différent. On reconnoîtra l'Auteur à sa tendresse, à sa sollicitation maternelle ; & la cause sera jugée en faveur du Patriarche de la littérature romanesque, c'est-à-dire, madame de *Riccoboni*. Ainsi soit-il.

Pour le mois de Février.

Un nouveau recueil de lettres fera tomber entièrement celles de madame de *Sévigné*. Madame la Marquife de *Sillery* s'en déclarera modeftement l'auteur , auffi bien que d'un *petit Traité fur l'ortographe ;* ce qui ne fera pas la partie la moins curieufe de fes ouvrages.

Mariage très-fortable entre M. le Chevalier de *Florian* & mademoifelle *Lévêque.* Que de chef-d'œuvres de fentiment & de tendreffe nous allons devoir à cet heureux hyménée !

Madame la Marquife de *Saint-Maximin de Montclair* s'élevera du

E 2

Logogryphe jufqu'à l'Acroftiche,
& n'y paroîtra pas aú deffous de
fon mérite. Auffi intelligible, auffi
élégante, auffi poëte dans un
genre. que dans l'autre, on admirera l'heureufe fécondité de fes
talens *univerfels.*

Pour le mois de Mars.

Madame la Marquife de la *Fer* * *
recueillera fes Fables éparfes dans
l'*Almanach des Mufes.* Le public,
toujours injufte, toujours partial,
ne la placera qu'entre *Lafontaine*
& *Lamotte.* Mais madame la Marquife, toujours modefte, toujours
Philofophe, comme fon illuftre
modèle, ne fe vengera de cette
injuftice, qu'en tâchant de faire

encore mieux, fi toutefois il'eft
poffible ; car c'eft ce que nous
avons bien de la peine à croire.

Madame de *Mortemard* mettra
au jour un nouvel Art poétique,
dans lequel, entre autres nou-
veautés, on fera étonné de trouver
une mefure de vers inconnue jufqu'ici. Les anciens préjugés feront
balancer long-temps entre cette
Poétique & celle de Boileau. Mais
enfin l'on verra triompher la bonne
caufe ; l'avantage reftera à madame
de *Mortemard*. Notre poéfie fubira
une métamorphofe, & cette métamorphofe fera l'ouvrage d'une
femme. Quelle gloire pour le beau
fexe, & fur-tout pour madame de
Mortemard ! C'eft de quoi faire
oublier jufqu'à fes Enigmes ; en
forte que ces charmans ouvrages,

qui feroient pour tout autre un titre à l'immortalité, n'auront presque en rien contribué à la sienne.

———————

Pour le mois d'Avril.

Madame de *Clainville* donnera un démenti formel à tous ceux qui, comme nous, ont cru qu'elle ne rimoit que les jours de pluie, en faisant paroître une Enigme composée un jour de beau temps. Cette Enigme intriguera les têtes les plus habiles, au point que M. *Panckoucke*, qui fera dans le secret, jouira de l'embarras de tout le monde. Alors on reconnoîtra que, semblable aux terres d'Egypte, l'esprit de madame de *Clainville* n'a pas befoin de pluie pour nous donner les plus belles productions.

Deux drames, joués aux *François* dans le courant de ce mois, fourniront un fujet de converfation à toute la capitale ; les coups de théâtre les plus terribles glaceront d'effroi l'ame du fpectateur. De qui feront ces deux chef-d'œuvres ? de M. *Mercier*, de M. de *Beaumarchais ?* Non , Meffieurs ; ils feront le fruit des délaffemens de madame de *Gouges*, pendant deux jours paffés à la campagne. *Stupete, gentes !*

Pour le mois de Mai.

Dans ce joli mois, l'on verra paroître un poëme didactique en vingt-quatre chants, fur la *Rougeole* : la poéfie répondra parfaitement au choix du fujet. Ce fera le dernier, &, fans contredit, le meilleur ouvrage de madame la Baronne de *Bourdic*.

Mademoifelle *Gillier d'Ervy-le-Chaftel* fera éclipfée dans le Mercure de France par un aftre qui n'y a point encore paru. Cette éclipfe fera vifible à Paris & dans la Province.

Mademoifelle *Emilie*, qui eft

maintenant dans toute la fleur de
fa jeuneffe, lancera une Epigramme
contre les Dames qui mettent du
rouge ; & cette coutume, ridicule
& dégoûtante, ceffera dès le len-
demain même.

Pour le mois de Juin.

Malgré la beauté de la faifon,
madame la Marquife de *Noailles*
quittera fa terre de *Morfontaine*,
près *Marle*, au diocèfe de *Laon*,
pour venir jouir de fa gloire dans
la capitale. Nous ne favons pas
encore bien dans quel endroit de
cette ville Madame viendra s'éta-
blir ; mais nous efpérons qu'elle
nous donnera des éclairciffemens
au bas de quelque Enigme, dont

E 5

elle enrichira le Mercure ; car, Dieu merci, madame la Marquiſe a la complaiſance de nous marquer exaƈtement tous les tenans & abou-tiſſans de ſa demeure, & nous n'avons rien à lui reprocher ſur cet article.

« Recueil exaƈt & raiſonné de Charades, Enigmes, & Logogry-phes qui ont mérité de trouver place dans le Mercure, depuis l'origine de ce Journal intéreſſant, juſqu'à nos jours, avec des notes hiſtoriques & relatives aux auteurs de ces jolies bagatelles ». Tel ſera le titre d'un ouvrage immenſe, plein de profondeur & d'érudition, que donnera au public madame de *Trignolles*, à *Cuſſet*. Cette colleƈtion aura pour épigraphe :

» *Quorum ego pars magna fui* ».

Pour le mois de Juillet.

Ce mois méritera de faire époque dans la littérature, par les chef-d'œuvres qu'il verra naître & mourir. Le premier fera un drame en cinq actes & en vers de madame de *Beauharnais*, plus beau, s'il eft poffible, que la *Fauffe inconftance*, & qui n'aura pas moins de fuccès. Cependant, au milieu des applaudiffemens réitérés, on entendra les fifflets de l'envie, toujours acharnée contre le mérite. L'on attribuera encore ce chef-d'œuvre à M. le Chevalier de *Cubières*; mais celui-ci, par un généreux facrifice, fera inhumer dans le Mercure un éloge funèbre de ce malheureux enfant

E 6

profcrit dès fa naiffance, & *il rendra à Céfar ce qui appartient à Céfar.*

Un nouveau genre d'éventails, plus commodes que les premiers, fera généralement adopté par nos Dames, & mettra le comble à la gloire de mademoifelle *Friquet.* On admirera fes talens phyfiques & moraux, & les femmes fe féliciteront de pouvoir jouir à la fois, & des éventails de cette Demoifelle, & de la lecture de fes Enigmes, dont elle aura foin de les enjoliver.

Pour le mois d'Août.

Mademoifelle *Aurore* nous donnera un ouvrage qui fera voir qu'elle eft auffi malheureufe en amour, qu'heureuse en littérature. Ce sera un recueil de quatre cents élégies, dans chacune desquelles elle déplorera la trahison d'un Amant. Qu'on dise ensuite que les filles de l'*Opéra* ne savent pas aimer!

Mademoiselle de *Sivry*, dont on nous vante de tous côtés les talens précoces, débutera dans ce mois par une Charade, qui étonnera les plus grands connoisseurs. Nous applaudissons d'avance à sa généreuse audace, & nous lui disons, avec Virgile :

» *Macte animo, generose puer, sic itur ad*
» *astra* ».

Pour le mois de Septembre.

Une éclipse inattendue dérobera à nos yeux les chansons de mademoiselle *Gauthier.* Cette disparition soudaine donnera lieu à des propos différens. Les uns diront, *tant mieux* ; d'autres, *tant pis* ; d'autres enfin, ni *tant pis*, ni *tant mieux*. Cette éclipse ne sera visible qu'aux boulevarts du *Temple*.

Traducteurs anglois, italiens, allemands, turcs, chinois, arabes, tenez-vous sur vos gardes. La presse gémit. Il va paroître un nouvel ouvrage qui peut faire votre fortune : il est de madame la *Fitte*.

Pour le mois d'Octobre.

Nous Rédacteurs affociés du *Petit Almanach de nos Grandes Femmes*, favoir faifons à tous *Libraires* & *Imprimeurs*, tant de la capitale que de la province, qui peuvent avoir encore dans leurs boutiques quelques exemplaires des héroïdes d'Ovide, qu'ils aient à s'en défaire au plutôt, fous peine de fe voir obligés de les garder malgré eux. En voici la raifon. Parmi les prédictions de notre illuftre devancier, le célèbre *Noftradamus*, une fur-tout nous avoit jetés dans le dernier étonnement. Elle annonçoit que l'an 1789, dans le courant du mois d'octobre, les héroïdes d'Ovide , jufqu'alors fi recherchées , tomberoient dans un éternel oubli. Après avoir long-temps cherché à découvrir quelle en feroit la caufe, notre lorgnette magique nous a fait apercevoir deux volumes d'*héroïdes françoifes*, par mademoifelle *Blaireau*, lefquels volumes doivent paroître précifé-ment dans le temps prédit par *Noftradamus*. Nous avons frémi en reconnoiffant la pièce coupable. Partagés entre deux fentimens dif-férens, à la vue de cette furpre-nante cataftrophe (car l'orgueil national n'exclut pas en nous toute autre confidération), nous avons plaint Ovide :

» *Quamquam ô! .`... fed fuperent quibus*
» *hoc, ô fata! dediftis* ».

Pour le mois de Novembre.

Ce mois-ci ne fera pas très-fertile; on verra feulement paroître trois mille Triolets, autant de Sonnets, de Bouquets, de Charades, d'Enigmes, & de Logogryphes, le tout compofé par mademoifelle des *Granges*, qui nous lâchera auffi un Poëme en douze chants, fur les *Détracteurs du vrai mérite*, afin de fermer la bouche à ceux qui lui ont reproché de ne pouvoir faire un *ouvrage de longue haleine.*

On a donné de grands éloges à madame *Gougelet*, pour fon immenfe & profond *Abrégé des Hiftoires Romaine*, *Sainte*, *&c.* On

avoit de la peine à comprendre
comment une femme avoit pu raf-
fembler dans une petite brochure
des connoiffances auffi étendues.
Combien ne fera-t-on pas plus
étonné, lorfqu'on verra paroître un
abrégé de la même main, contenant l'hiftoire générale des Chinois,
Cochinchinois, Japonnois, Lapons,
& des fujets du grand Tipo-Saïb?
Tous ces peuples reconnoiffans
viendront de leur pays lui apporter
le tribut de leur fatisfaction , &
lui prodigueront à l'envi les hon-
neurs en ufage dans leur patrie.
Madame *Gougelet* fe verra fucceffi-
vement des Académies de Pekin,
de Nankin, de Delhi, de Kola,
de Siam, &c.

Pour le mois de Décembre.

Une Epiſtole de cinq cents vers, que mademoiſelle de *Courcelles* adreſſera à ſa patrie, excitera des ſentimens bien différens dans l'un & l'autre hémiſphère. L'Amérique pleurera plus que jamais la perte de cet aimable Auteur; tandis que la France ſe réjouira d'une pareille acquiſition.

CONCLUSION.

Lecteurs impartiaux, nous croyons vous avoir mis à portée, de juger déformais, en connoiffance de caufe, ce fexe aimable & charmant, qui, non content de pourvoir à la réproduction des hommes, fe charge encore de les éclairer & de les inftruire. Vous faurez déformais apprécier le jugement qu'en ont porté des hommes ordinaires, & dont la réputation eft, à coup fûr, ufurpée : tels que *Fontenelle* & *J. J. Rouffeau*. Le premier, qui avoit paffé foixante années de fa vie dans la meilleure fociété & parmi les femmes du plus grand monde, n'a-t-il pas ofé dire : *J'ai vu quel-*

ques femmes d'un esprit supérieur aller
jusqu'au second raisonnement ; je n'en
ai point vu qui allât jusqu'au troisième.
J. J. Rousseau, qui les a tant aimées,
comment s'est-il exprimé sur leur
compte ? Écoutez-le. *Les femmes
n'ont point d'imagination ; leurs meilleurs Écrits sont tous comme elles, jolis
& polis.* Et ailleurs : *Elles n'ont pas
plus de goût que d'imagination. Si
vous les consultez sur votre parure,
vous serez mis d'une manière ridicule ;
si vous les consultez sur vos ouvrages,
leurs conseils les rendront détestables.*
Nous espérons qu'à chaque page de
notre *Recueil*, on trouvera de quoi
repousser des assertions évidemment
dictées par l'envie ou la malignité ;
& que les petits talens, les génies
médiocres n'auront plus si beau jeu
à contester à nos *grandes Femmes* la

portion de gloire qui leur eſt due,
& dont la poſſeſſion leur ſera doré-
navant garantie par les Rédacteurs
du *Petit Almanach.*

F I N.

www.ingramcontent.com/pod-product-compliance
Lightning Source LLC
Chambersburg PA
CBHW060831250626
47162CB00005B/2026